昨日集

曹波 著

作家出版社

曹波

●1979年11月生，陕西咸阳人。法学硕士。现供职于国家机关。二十一世纪初开始诗歌创作，先后在《延河》《诗苑》《延安文学》等发表作品。

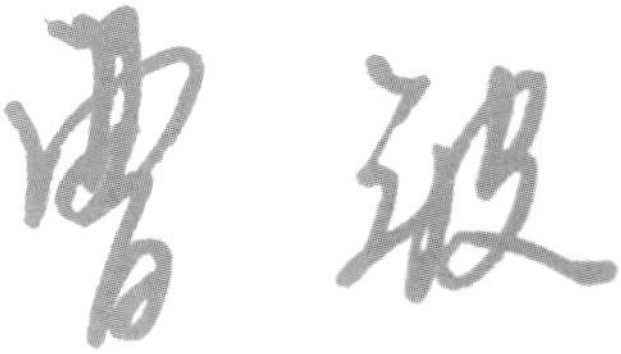

目 录

序言：曹波的山水崇拜与家国情怀

高建群

我的好朋友曹波要出诗集了。星期天，他捧着厚厚的一本诗集打印稿，来到我在西安的高看两眼工作室，嘱我为这本诗集前面写上几句话。

随同一起来的还有他的漂亮的妻子，还有两个叽叽喳喳、永远在游戏着的孩子，另一个老成持重的妇人，当是他的母亲或岳母。老百姓说不是一家人不进一家门。这一家人，简单、朴素、低调、其乐融融，孩子的吵闹声给我这孤寂的工作室带来了难得的快乐。我感慨说，帝王有帝王的快乐，老百姓有老百姓的快乐，很难说哪种快乐更快乐！

曹波写诗，而且写这么好的诗，这叫我意外。他是公务员，劳碌命在身，竟然忙中偷闲，写了这么多的诗。用陕北话说，这叫才华端漾哩！我细细地拜读了这本诗集，从第一行看到最后一行，而诗中的许多句子叫我感动，激起我一种秋天的思绪，例如“我们出生在北方，并在北方相爱”这句。篇幅有限，原谅我在这里就不一一例举了。

那是曹波的诗和远方呀！网络上这两年流行一句高晓松的话，叫作“生活不仅仅有眼前的苟且，还有诗和远方”！这句话激起多少有过文学梦的中年人的唏嘘呀！大家都很忙，每一个人都有他的社会角色，为单位担沉，为家庭担沉，为社会担沉——担当是一个成熟的男人或女人的责任，而偶然，从劳碌中直起身子来，望一望地平线尽头的远方，哼两句或有韵或无韵的诗行。

曹波的诗，大约就是在这种境况下写成的吧！那是自吟，为自己而写，为生命本身的需要张扬而写。幽兰开放在深山里，有人欣赏，我会开得很芬芳，没有人欣赏，我依旧会开得很芬芳，因为我是为自己而开呀！

曹波的这本诗集，它的内容，大致分为两部分，一部分我叫它“山水崇拜”，一部分我叫它“家国情怀”。山水崇拜这种情形，大约从人类初民时候就已有之了。人们对世间万物，怀着一种敬畏，甚至因为陌生感而发出一种恐惧，他们对世间万物充满了一种崇拜心理，甚至以某一种动物作为部落的图腾。他们设立祭祀场所，试图与上苍通灵。

登山则情满于山，观海则意溢于海。是后来人们在与山水的亲近中、理解中、融合中而发出的感喟。

这两天我与曹波微信交谈。说到科学创新发现的暗物质这种物质。我想，人类对世界的认识，对自己的认识，越来越走向深入，走向纵深，初民时期许多不懂的东西，不理解的东西，现在则能够认识和解释了，能够更深地走近了。

家国情怀是一个男人立身之大要。尤其对于北方男人来说，家事国事天下事，你都得做个大个子顶着。记得曾国藩在谈起张载的“为天地立心，为生民立命，为往圣继绝学，为万世开太平”这个“横渠四句”时说，南方的文化人虽然睿智，虽然博学，但是北方人的格局似乎更大一些，一副以天下为己任的家国情怀。

当然，作为北方人的老高在这里说，南方人的格局亦是十分大的。例如，这几年我在云贵川渝地面旅行，看见一个傩堂戏的老戏台两侧，便有这么一副对联：“于斯一席之地可家可国可天下；虽然寻常人物能文能武能鬼神。”

曹波是一个好人，古道热肠，精细能干，对生活，对工作，对世界充满了一种阳光和热爱。老兄祈盼他更有来日。不是么，世界拥抱那些真诚的人，社会总得向前走呀!

我亦为这本名曰《昨日集》的诗集的出版，献上我的祝贺。作家出版社是个有品位的国家级层面上的大出版社，当年我的长篇小说《最后一个匈奴》就是在这家出版社首版的。算起来，光阴荏苒，已经整整二十五年前的事了。

是为序。

西安

2017年11月13日

湖

引子

阴天。风开始狂了

雷声滚滚

卷起翻涌的湖波

呼啸、盘剥

冲向岸的砾岩

傍晚。残白已倦怠

黑夜吞噬最后的光

离岸的水草涌向湖心

一个鲜活的美人

在水草上

企图跳舞

美人。身着白衣

拿着一把优美的黑色的伞

在水域中心

旋转飘升

舞蹈。在黑风暗地间

白色舞裙激烈荡漾

她在歌唱

和越来越大的雨

混作一团

霎时。黑伞席卷上天

遗失在黑色的

虚妄里

白衣飘起

电光闪亮

她一张快弯曲的脸

带着嘲讽的笑

垂下眼睑

狂风。来了

暴雨变成肆意的火焰

疯了的呓语

谵妄的说道

同归于尽，同归于尽

它。吞没一切

燃烧尽一切

刹那间，灵魂变作天梯

扶摇直上

消逝天际

翌日。阳光照在水面

微风吹起

湖面泛起闪闪波光

像无数芭蕾舞鞋

轻轻点点

湖边。游人如织

笑靥如花

谁也不必再被思念

上篇

浪，在逐高跳跃着

只不过如尘轻

湖，低声不语

将在光年中刻下伤痕

密林。密林尽头有一个湖

原始得没有人到过

纯洁得从没被打搅过

平静得像一面镜子

美丽得充满着甘草味

湖。你从哪里来
从哪几处秘流流出
你的父亲是谁
你的母亲是谁
你有多少秘密

栖息。所有的
都在栖息
只有空气尝试浮动

浅之又浅

因而，在栖息时

一切都止住

时间变平行

显得寂静无边

湖像死了

产生出最好的美

夏风。聚集

并列起来

形成大风

吹起松涛

沿着十里长汀

布满青草

云与云雀

相互辉映

背影。夕阳照射羚羊的奔跑

野鹬如箭

湖畔的法桐

茂密的白皮松

余晖在叶的缝隙间散动

哦，法国梧桐

多么浪漫

一望无际的泽国

生机勃勃

中 篇

北方。很多年前

工业的污浊空气

聒耳的噪音

我们出生在北方

并在北方相爱

随后，彼此争吵

撕咬

爱情随之消亡

一只鸢划破湖面

飞走，消亡

分离。悲痛的结尾

湖与远岫

无处藏身

光速。飞行

到地球的背面

飞机飞向月亮

悲伤。血液倒流

从鼻孔和耳朵出来

淹没空洞的头部

覆盖喉咙

倒挂在南极的时间树上

双手膜拜

祈求安眠

就那时候

孽障潜入

住下一只水怪

并安了家

白天里号叫

晚上就追逐水生动物

鲁莽笨拙毫无手段

动物们全部跑了

自觉伟大后

露出怪异的笑

哦，该怎么办

该如何

一刀子结果了它

还是让它

自行毁灭

湖波澜四起

逐渐浑浊

展开幕布

上演人间剧目

野草

在河岸发生、摇摆、唱诵

并燃烧、死掉

颓废。世上的幽灵

未可避免地

开始尝试

不由自主扑向湖的心脏

空洞。在每夜子时

地要裂开

心脏要突破

魂魄将湮灭

绝望主宰一切

神的旨意

不可抑制的神经衰弱

汹涌而来

下 篇

湖，它知道

它忘掉

这是谁

或是你

像少女细白的腿

让人爱恋

要么就，失去记忆

丧失功能

长梦已醒

那些热爱的

被保留

造物主再次垂青

其余

都被刷洗干净

阿兰朵眷顾于它

生生不息的湖

双手合十

祈祷灵魂

射向湖心的光

未磨灭的

在延续并且壮大

变成向往真理的神情

和它的核心

在幻灭里重生

烈焰中羽化

空洞时腾空而起

爱情的失败礼物

而后，决定

去另一个湖

观看然后深入

干了这杯不朽的酒

换个气氛

再来一杯咖啡

它是一张未写的白纸

与水妖共舞，共舞

黄昏。在湖里游泳

仰视繁星

在八点入睡

在光亮消失前

钻入湖心

在黑暗之域

闭上眼睛

摇曳。摆动的灵魂

移动的大地

湖上洒满白光

光里充满幻想

圣洁高尚

无与伦比

雨。一直下

贯穿整个雨季

万物得到养料

准备复苏

所以。让它来得再猛烈些

塑造新的城市

一个新的水系

新生快来了吧

欢乐的场面

已布置完毕

尾部

冬天结束时的
几个日月
天空变得红彤彤
湖上敷满白色的雪
土地上也覆盖着
山变成墨黑色

一棵古老的侧柏
在湖边矗立

诗人靠在它身上

他陷入构思

所有的故事都发生在这里

涂抹成杂色彩光

这时。他抬起头

看看天气

向前面走去

春天快来了

新的故事也要来了

甲午三篇

其一　甲午春日与友人长安叙

终南泉响盈山涧，
风催桃花上北原。
东临华清池含雨，
西府阡陌润青田。

我入长安屯门中，
心随身物咸以同。
拾了衣裳迎将去，
一笑与君共发生。

须臾君，且慢行。

长安美酒尽殇饮，

长安美景共欢愉。

邀君寻花入花径，

以尽主人情。

高明星，低友朋，

同乘携手赴春涌，

再饮太白顶。

其二　甲午三月十七日初到吴起长城忘怀

漉路长城乡，

雨下草木凉。

十步见明昏，

五里分雨晴。

涧地桃红初春，

上郡西戎古筝。

春秋烽火台上土，

美人笑埋周孙骨。
昭襄王后长城外，
从此义渠化西胡。

旧事陈如旧，
重上高台修高楼。
青岚葵柳相渗透，
霁霞晚照吴起州。

其三　甲午深秋吴起五谷城感怀

塞上鬓白月上霜，
低云沉积下神伤。
深寒不复青山在，
孤独一人上苍台。

曾有巾帼踏青苔，
声声铁石仍旧在。
曾有凤凰在其中，
十月十日五谷城。

写给孩子三篇

其一　给孩子

你捎来消息

打开喜悦的盒

满是红鼻子的雪孩

冬季寒冷

树上没有叶子

却有风的间隙

云的投影

万籁沉寂

被厚雪盖住

你却钻了出来

春天不长

好雨下在土地里

百灵鸟唱着歌

路两边的红花灯

点亮对你的钟情

夏天阳光穿透玻璃

洒在琉璃床

繁星阅读夜的光签

萤火虫做伴

陪你睡眠

秋日到处是金黄

涂染如火的天色

收获令人高兴

你笑起来

眼睛弯成月牙

你来后

我们重新

拥抱生活

其二　六月

整个六月

窗台上

落日余晖显得宁静

风带来厨房的

吐司味道

坐在你旁边

数着睫毛和手指

雷阵雨滚滚而来

你的眼睛大张

我带领你

折下后院子藤蔓

编织心的形状与盒子

草莓熟了

我们分食

雷阵雨来了

天上轰隆隆

身处花海

蜜蜂飞来飞去

毛孔收紧舔舐蜂蜜

整个六月

钟在墙上摆动

用天鹅羽毛

插在你的发髻

风筝在天空

翘起嘴角

六月因你

更可爱

其三　真正的飞翔的鸟

充满情绪的白杨树

斜躺在三月的光明中

低声耳语

天空飘满彩旗

食草的温情动物

在广场聚会

描绘童话国家

气球飘于河中央

书本里写着消息

谁说这不生动

我来反驳

真正的飞翔的鸟

透过窗子里的灯

是柔软睫毛上跳舞的精灵

真正的飞翔的鸟

天空是灰色

也是蓝色

蓝色是星空的延伸

灰色是前生

真正的飞翔的鸟

有翅膀

和风

风是月亮刮过的痕迹

翅膀飞向太阳

真正飞翔的鸟
带上光明和泪痕

荒野融化深邃的眼睛

延安三首

其一　初秋登宝塔山记

嘉岭雨霁空语声，
秋气袭人乎迷踪。
盈盈得趣看高树，
千柏青松万点空。

清霞余晖弹碧落，
风月化物尘土中。
唯唯宝塔云逝去，
偶有蛩鸣映晚红。

其二　清凉山上

清凉山寺蕴青烟，

古刹宝塔怀望远。

三千春转诉流水，

苍山咽语过隙间。

革命惟难红军至，

清凉山上万花展。

挥襟秣马遥向指，

新华始年此成肩。

其三　雪霁复夜登凤凰山

凤凰山上凤凰台，
银龙舞风弄吾侪。
宝塔点灯印残月，
离朱殚尽文曲来。

杨梅三篇

其一

杨梅有百喻，

香兰偶得惜。

可怜生余姚，

已去千万里。

其二

风过风林黄沙间，

肩隙惚然已二年。

捎来一只桃仙子，

子曰杨梅在汝川。

其 三

雪似冰心夜似锥，

一爵对影恍如梅。

枝上已无青春叶，

眉间生出紫鸢尾。

其他三篇

其一　前夜

夜当归，衣衫坏

褴褛何堪

殊不寐，楼廊中

两只燕雀

空晌雪，画上春

远天近影

眉墨里，眸子外

来去由之

其二　今生

今生两厢悦
欢情苇中幄
恍若碑亭镌刻
流年为谁停踱

两三朵花枝俏立
五六个儿童嬉戏
美玉毕竟留不得
欢欢婉婉泣泣

来向晚

马快石鸣溪缓

又相聚

云开箫起语密

其三　未央

经年青冢匀月

太平湖上起蝶

卷帘不尝胭脂

羞见情人却

闻烟波　踏红阁

轻履袖风悦

贪欢赏　青梅陷

方恨来日苦多

去盼顾

不忍浓情切切

红檐劫

浩浩未央宫阙

赠君三首

其一　与君逢

东国颜色入墨中，
游溯河回一探逢。
美人天生有异禀，
睥睨微翕各有情。

千百妩媚四月生，
梅花落入百草丛。
似曾识情似娇容，
兰亭众中最聪明。

良辰美酒月满弓，

忽然烟雨没影踪。
初尝浅止似朝露，
海升云涌意无穷。

正是春日贪欢晚，
芙蓉弄响入三更。
他山云雨看不晴，
莺飞燕吟马蹄轻。

轻缠玉足欲醉了，
金珠银珠落玉盆。

甘泉在口君在手，

今夕日月不愿闻。

依契有语语幽幽，

涔涔潺流水不休。

阡阡叠影只一身，

误入人间各半生。

半生已尽日月寒。

绸缪未了不回还。

琵琶唱罢欲休眠，

琴瑟萧萧无声弹。

牛栏山下将离君，
黄花帐前泪画屏。
望断渐去娉婷影，
青桥夜照自独行。

石头梦中与君逢，
半山明媚半山空。
粉墨尽作埙篪声，
红妆妆做他人名。

当时若是两相知，

不负上天不惘痴。

此情悠悠无尽终，

情愿随波赴丹青。

一场梦，一晌空，

幽幽幻幻思语中。

归去存年待来生，

留愿共化菩提身。

其二　与君行

南国起蝉鸣，
相歌共潮声。
我邀太白饮，
摇荡随西风。

西风有时尽，
松柏永长青。
踏声澈夜明，
翩翩与君行。

其三　与君诀

春尽云谲起，

长风送君去。

此行堪久远，

笙笛吹无期。

离人如逝水，

花事了荼蘼。

何日归长安，

骀荡春风里。

中秋三篇

其一

花繁花压枝，

雨歇雨满池。

中秋无月夜，

正好叙相思。

其二

秋月未了人未晓，

忽有意趣上云霄。

抬头望月寄与之，

你与他乡共海潮。

其三

汉水城中月，

月明似长安。

江月随波去，

恍惚故人还。

爱这生活

走进生活

走进热闹的城镇

置身麦田深处

跃入你的心河

感受生活

投身钢筋混凝土植物

在激流里与野兽交谈

拥抱它

拥抱甜蜜的酒窝

珍惜每一个爱人

并使劲拥抱

赞美生活

赞美母亲温暖的怀抱

洒脱走进夕阳中

赞美时光蹉跎

她曾经缓慢悲伤

感谢生活

感谢它如洪流如溪

如血液脉动

爱这生活

爱你麦色的肌肤

我自吟

就像爱妈妈泪光中的波

把春天比作燕子

我住在此河的上游

水流经过我

往下流去

到达你的房子

浇灌你的花园

为你带来春天

这个新来的春

幽幽像梦

栩栩如生

倾听，无梦的雨声

倾听雨儿的琴声

多想亲吻

你的额头

把春天洒进河流

带去热烈的想念

把春天画在枝头

如花一样

把春天埋进雾霭

看不清 快狂奔

把春天藏在口袋

把春天攥在手心

把春天比作燕子

住在我心

北京的冬天

平原卷起狂风

自带引擎

向北京的冬天

进发

长安街

飞鸟盘旋颂唱

什刹海

宁静安详等着

上面未见一个溜冰的人

昆明湖边

上演朗朗京剧腔

琵琶弹出频率

令植物瑟瑟下落

时光被风刮到边角

景象怪诞

多少偶像坠落

于朝阳大街

记忆逐渐混乱

散落在灰白的雾霾里

秘密

在黑夜消逝

北京的冬天

刮着凛冽的风

散落北京的人

杳无音信

春

踏春与春约，

青抚青柳斜。

对语经落鹊，

邀我拾天阶。

春分

春分时节树叶新，
桃花有意君有情。
水边生烟裙带雨，
轻春暮下抚琴声。

春雪

河庄坪高望山川，

春时大雪落延安。

极目登顶寻天去，

低首行走白草原。

大花园

给花园的上面建一所房子
让里面四季如春
再开满空调
不让花朵凋谢

在阳光到达的地方
造一台永动机
让水系发达

运来石头堆成假山
把植物插在上面
完美被制造出来

双手合十

祈祷它的不朽

大花园没有得到保佑

时间是它的罪魁

房畔的烟云

当时的月亮

销声匿迹

白银早已蒸发

遁入虚空

你还在那里振振有词

踉踉跄跄没有苏醒

登万安禅院

群峰彩云间，
碧洗净禅院。
石崆山门中，
蝉声起四哑。

随遇而入境，
清饮自顾呷。
香萦众尊普今生，
尤见思维佛，
自在无右他。

我行欲峰巅，

青山独领万安下，

我立日光中，

心意如空华。

二进琼州

复赴琼州仕方游，

青葱幻影覆新修。

山崖凭海风影动，

月下海棠独枝头。

昨日有语终未奔，

化作云绸入兰楼。

卿卿美欢不复有，

无尽倥偬泪长流。

凤凰城

执不执着

在守候山上

候鸟飞过

又飞回来

砖瓦覆盖废墟

凝结成泪水和冰雪

列车开在云的上面

带走忧伤

次时杨树突然用力

在旧土里

获取新生

孩子开始微笑

凤凰载他们飞起

迎着麦芒

选择坚强

黄河曲

有文中路未通眠，
有酒之途往九天。
长安太白今犹在，
一并黄河无尽端。

清水湾溯仍不见，
一壶浊水肆意翻。
终将潮流湮灭去，
惟有诗歌永流传。

祭重阳

蛮天暗日与，
荒墨遍河堤。
月晚相携去，
离涣少茱萸。

京城初春起风记

京城入夜短日长，

东城西城话风凉。

痴心空余一声吼，

归途扬起尘西张。

酒诗

元宵节时天沉沉，
情人相爱却离分。
此恨向谁说?
空留约定做誓言。

只相思，不相见，
冰清雪白不可染。
问君有何怨?
酒入瑶池上青天。

立春

立春

是灿烂的季节

向阳花开了

渌水如兰

水打湿衣裳

她是一蓬新茶

寰宇的狂流

带着山桃花香

吹过田野吹过村庄吹过城市

进入天空

吹动星星

烘干昨夜的潮湿

乌云散开

走出

谜一般的生活

得以

仰望苍穹

敲开时空的大门

听真理热烈的声音

盼望一个

新生

我的爱人

她在前方

于是

播下希望的种子

立春

无论多好

也比不上你明媚的双眼

美丽的地方——双廊

风与花

树与倒影

在清潭里洗净靴子

观看自己

在他乡小镇

呼吸然后转身

离开北方的家乡

忘记

那里的空气

听见鸟儿唱歌

看见晃眼的异族姑娘

抹平眉间愁云

准备行动

一切都可爱

沾满露珠的青苔

水牛大声哼叫

羊群像珍珠布满山坡

透彻安详的小镇

幽冥呼之欲出

予以催眠

在幻梦里

稻田随风摆动

树叶飘落下来

世界之外的村庄

农舍上浮动炊烟

坐着观看下沉的夕阳

缺少一个在湖边互诉的人

梦长安

梦呓醒时醒似梦，

一语一颦寄苍空。

望京春色正欲开，

故乡染尽长安花。

鸣 春

马上唱望春，

吾愿情而真。

一骑百鸟后，

留痕未有声。

你

你总在旷荡无边的沙漠

行走 奔跑

风侵蚀你

刻划你的眼

你眼里的光芒

是阳光照映泪光的反射

还是岁月附于你心上的玻璃

蒸发不去沉积郁郁的琥珀

你住大漠西边独立的阁楼

窗棂破旧

朽木沾染仓惶的蜘蛛

门把印证时间油圆

清晨打开窗

扑面一阵风

你出门去

在沙漠里行走

与迎面驼队对饮

然后挥手告别

或者脱掉衣服

在烈日下

在月光中

裸奔

你多自由

陪着沙漠的孤独

你的存在

成全它的梦

你

你是火车上的烟
你是轮渡里的水
你是汽车溅起的泥泞
你是山间的浣花溪

你是办公室里的饮水器
你是四方桌上的一支笔
你是午后的茶
你是烟灰缸里摁灭的烟蒂

你是饭里一粒米
你是清汤里的一条鱼

你是我身上的阿迪
你是QQ里闪烁的迷你

你是球场的草地
你是公园的座椅
你是街上的广告牌
你是商店里的新毛衣

你是睡觉时枕边的手机
你是醒着时摊开的日记
你是梦中的榴莲飘
你是远方的密西西比

你是海边日落

你是山顶日出

你是口中的提拉米苏

你是爱的芝士油腻

你是难过时的晶莹泪滴

你是欢笑时嘴角扬起的痕迹

你是熟睡时耳旁的鼻息

你是闭上眼睛的落落美丽

你是春暖花开

你是夏日炎炎

你是一叶知秋

你是冬雪皑皑

你是天山的雪莲

你是青藏高原的藏红

你是漠河冰封上的雪撬

你是海南岛屿甜美奶昔

你是水边伊人

你是维纳斯之女神

你是百雀灵鸟

你是真理之真

你是熙熙攘攘中最美的脸

你是倥侗宇宙里最灿烂的光

你是永远挥不去的拂尘

你是花开的春城

你是土地里的沃土

你是空气中的原味

你是无处不在

总之我无法离开

无法丢了你

远走

你说：为什么呢

我说：嗯哪

我说：我们一起

你说：可以

七律·饮茶

寒峭一梦千日旧，
衣冠佩带侍新游。
春风吹绿江南枝，
海棠葳蕤柳怀柔。

斜雨翩跹雀舌湿，
莲心旗枪缱入喉。
一饮十杯盛意气，
谵妄寄入西湖稠。

且行

门在不停旋转

洗净的长厅

进来的脸

一会便扭头离开

以为他敲门

原来是风刮着园子里的落叶

墨水盒在吟唱

沾湿了鱼的眼睛

盼着、盼着、盼着、盼着

听到鼓声在暮色里

他没有来

乘阿拉斯加的班车已离去

欲望是踢踏舞鞋尖

燃烧的火

等待是冬天

最后落下的叶

藏在舌尖呼之欲出的话

最后被吞咽

低垂的灯

吸食着散漫的氤氲

开始并未开始

浪费了一对浮动的

眼波

电闸被切断了

消失的温柔的风

快乐或是沉默

都是错

秦晋

从平原到山地

由西向东寻找秦晋之好

吃一颗野酸枣

种下一棵酸枣树

等待立秋

然后开始飞驰

青松射到云里

看到星眨眼

它们在俯视

每一个细节

弯腰捡起榆树叶

对着太阳

解开封锁

黄河水击打着

损裂的残岩

某年前行进五千公里

跃入深深的海洋

秦晋之好抛在脑后

向海边

一路飞奔

秦岭·半日雨

秦岭博大

苍青翠绿

是逢氤雨时

风是浪漫衣

雾霭绕身腰

间歇红黄色

鹊立枝头花

蹊径引入人家

温软耳语闲话

逸情不得久驻

片刻心猿意马

奇幻俊秀生此间

甚兴拈来两三葩

不恃繁冗只寻香

转身又入深处画

青春河

命运开始的

姹紫嫣红

松柏树站在一边

为其装点

抬起脚看山外

然后是

你的背影

时间飞过

消息从未回来

邮递员反复查验

月亮弄丢了

昨天青春还在
你是青春的河流
上面漂着
那只独立的船

你看见
悲悯放射出彩光

空中的闪电
击中飞鸟的心脏

倏地

掉了下来

面壁默念

请求宽恕

秋分

须臾岛上小前堂，
归雁已去北风凉。
水天暖寒各一半，
叶落秋池掩弥彰。

秋游

乘舟寻游天际头，
秋潮拍尽乱石愁。
心有旋涡除不尽，
松枝一曲逆狂流。

曲江

曲池好风景，
雨漓鸟疏鸣。
轻聆渚边笙，
悠悠奏双影。

曲江池

南湖边上

柳树刮成风的形状

岸对面一盏灯

照亮嘶吼的人

水里游动的鸭子

赶上岸来

雪盖住诗意的

长安城

天破晓前

雪花落在我脸上

天是黑的雪是白的

我在地上也在天空

此时我应该赞美

大唐花园中的

优美的阁楼和莲花

思忖一千年前

这里的爱情

以及细节

如梦

前行万星央，

入户绘花黄。

沉梦忽若醒，

原来非吾乡。

如梦令

欲雨幽楼如梦
长安尘轻露重
情浓未了时
相思语后相送
悲恸，悲恸
枝头泪面栖凤

塞上吟

塞上起罡风，
疾雪踏行踪。
家途何乎有？
寥寥入寂空。

拾偶

盘山开谷绿意透，

曲径通幽若骨柔。

闲来一日寰宇外，

胜似十年一叶舟。

似水柔情

梦中流萤
忽暗忽明
想抓住
梦却醒了

独自时候
有你身影
时而跳舞
时而恬静
轻盈娉婷
甜蜜且柔情

攀登时候

有你随行

花间采蜜

林间嬉戏

从不在意

溪流的缓急

从不贪顾

高处的风景

梦中的流萤

忽暗又忽明

有你身影

有你随行

还有注视我时

笃定的神情

梦里的桃花瓣中

有些成情的露珠

偶尔滴入我眼睛

让我也拥有了

看你时的似水柔情

思念小女儿

昨日小女哭啼声，
离去孤独时频仍。
长安晨雾霜湿路，
大风向北送我行。

月畔花树欲枯枝，
正是清深寂寞时。
万千落木俱消除，
惟有离愁伴露珠。

他乡之处可饮酒，
饮后何处梦里游。

待到夜半听更起，

思她无眠闻啾啾。

思卿

思卿碾清愁，

耳语轻沾喉。

清泉浮白月，

映照渡长楼。

望空

海天相对远，

银河一水开。

青石雕玉璞，

遥望笑珍珠。

望西京

边城一日暮，
醉倒胡杨树。
夜来风雨时，
望断西京路。

千般万里苦，
饮尽寒如楚。
尔曹奈何故，
妄顾西京府。

为眠

稠云似吾心，

晴空本无垠。

风声鹤唳起，

不扰寝中人。

无题

闻她声誉久而无，

佳音无期仍殊途。

我将真意付流水，

徒有伤心泪一珠。

无题

雁归兮可铭
志未酬从何

鸿鹄轻弹夜曲
惊于水声

仙宿在天
弹拨世间明星
佳人在彼
笑盈青山不醉

惜春光

鞭竹声绝

孩儿散尽余欢

温岚漫卷

新草生离原

春始开

雁归来

生机复还

清流寒彻

万物待盎然

此时正应当
别了旧噱头
才好问道于青天
甩落厚披衫
方得倩影云裳

折了旧棂窗
把酒赏春光
踏步而歌
最是酣畅

东风又起时

清清朗朗

勉君加倍力

惜春惜时光

厢寺川

厢寺川行遇云仙，

好雨知落顷刻间。

一恨思卿卿不在，

二恨小憩不成眠。

杨八姐和相思泪，

流成碧丝入海泉，

化作飞鸟意盘旋。

长相守，倚壁渊，

恋她几千年。

晓记

双湖锁天境，

烟雾敝锦路。

心上远高处，

何处是泥途。

新年与花寄思

星落田畦月映升，
般若泽芝相思同。
夕颜渐欲鼾声起，
小风借力弄浮萍。

浮萍抚乱兰草心，
夜夜无眠听晚钟。
旧岁将去花又近，
一枝与我度西东。

雪与竹

天外雪将将，

窗前闻焚香。

文竹木中仙，

一攀上屋梁。

寻找曼陀罗

寻找曼陀罗

在古老的房间

外围花园

只见蜂蝶和杜鹃

于是踱入

他人的国度

云下投的云影

追逐起的风火

曼陀罗曼陀罗

寻找曼陀罗

寻到一颗糖果

水亲吻雨荷

寻找曼陀罗

寻到柔软之锤

轻轻撞击心锁

寻找曼陀罗

寻找洁白之花

如斟如酌

如蹉如跎

寻找曼陀罗

寻找漂亮的

倾城倾我

延川行

春色始发延水关，

君临夜幕乾坤湾。

飞鸟飞渡无虚度，

那堪年华催忘言。

秋

秋亦至
故木将休
雁语重叠
天籁铿锵

巧折窗
雨吝愁长
静夜赏
尚孕芬芳

蝉鸣起剑砺影
花落抚琴临唱

似无暇虚度

道时月洪荒

白步了却

煞费了思量

伊人

才去分别一夜间，

重逢竟看至无言。

含语轻嚀意乱曲，

一日不闻恨几年。

忆陈王感发

陈王旧事古舍新，

千秋百辈到如今。

昔日宴乐之美酒，

会饮当须此中人。

忆鄜州

夕照洛河掩城郭，
开元寺塔倚辉灼。
鄜州城中浮生日，
悠游总闲岁月多。

曾学少陵登高林，
夜宿柏山听松国。
长饮莲花池中酒，
复醉阑歌与谁和。

昨日之花伴我和，
今日之我已为客。

总把他乡待吾乡，

梦里欷歔下直罗。

忆江南

今时榆树彼时烟，
江北江南相看晚。
斯人含笑说旧事，
天光暮年已远帆。

忆长安

今日关中里，

浮情惹旧意。

清寒睡梦起，

扶帘对湿雨。

咏歌

随花赋新暖，

去夜辞旧寒。

有情深与浅，

一并入诗篇。

赠佳人

旧日镐京有嘉宾，

水畔云低留佳人。

从来只能思欲之，

思欲之后吾成真。

清楚离别日，

魂飞人散不言传。

离人可相知，

数落梨花瓣成灰，

光阴遮断不可追。

前日之日又忆起，

乌云站在晴空里。

飞跃五层梦幻塔，

回到最初夜雨时。

告别昨日

当我饿急

弯下腰

营养不足

指着我说

好好锻炼好好成长

当我三高

递我几块东坡肉

说赶紧吃吧

我哭笑不得

那个站在原地的人

以为我

还是原来的我

我大笑且骂出

我站出来

誓死抵抗

我要告别昨日

面向未来

后 记

这些诗，是我十五年前到十年前写的，大概二十五岁到三十出头，我的青年时期。我生长在三秦，没有离开过，去外面也是短暂游览，所以我最熟悉的是这里，写的诗从这里出发，写自己和身边，它属于这里，也可能不属于。

我从小喜欢看小说，不喜欢散文、杂文、诗这些，一本看完接一本。从上学开始把午饭钱都买了小说，还有歌曲磁带，致使好多年没吃好。按理说，我应该有空写写小说，成一个讲故事的，却写诗。我在很长的阶段思考过这个问题，首要的应归咎我的拙性，我爱文学，打小脑子天马行空爱乱想，可一拿笔，半天写不好一页，想来想去，左右不对。二一个，我十几岁，处在二十世纪九十年代，是个文艺开放的时间，八十年代的诗潮还有温度。我刚好青春旺盛，和大家一样，爱好朦胧的、爱情的诗，安慰少年的心。三一个原因是我臆断的，上学时候学课文、写作文，老师都要让总结中心思想，每到这时很犯愁，大多数弄不出来，我真的揣摩不了作者当时的想法和要总结的思想是否一致，这使我在语文上蒙上阴影，多少怕这个。还有很多理由我也想过，就不说了。

我爱上写诗，就开始写，到今天。读者朋友看到的这个集子，叫《昨日集》，是我那个阶段的诗观和水平。事物向前发展，我对诗的看法和认识也有了发展和变化。但并非否定昨日，我写它们时是清醒的，用的真情实感，是一段好的体验，或许没那么先进，没那么透彻，但它值得拿出来分享给朋友，我们都有相似之处。有几年特别迷恋古诗，为写好几句反反复复，搞得接近偏执，从这点管中窥豹，古诗并不是自由的表达，但不能否定，其中有真美的东西。正如抒情诗，朦胧诗也能写到好，没有绝对落后的形式，只有落后平庸的诗人。

高建群老师是我的忘年交，他写出好小说，一定因为他首先是一个大好人，他敏感而准确。冬天某日，我去找他写序，问了地址，漫长堵车后到达，老头在公园大门口一直等候，抽着烟，对我笑，朴实真切。

是为记。

曹波

2017.11

图书在版编目（CIP）数据

昨日集 / 曹波著. -- 北京：作家出版社，2018. 1
ISBN 978-7-5063-9888-6

Ⅰ.①昨… Ⅱ.①曹… Ⅲ.①诗集-中国-现代 Ⅳ.①I227

中国版本图书馆CIP数据核字（2018）第019588号

昨日集

作　　者：曹　波
责任编辑：兴　安
封面绘画：丁　成
扉页题字：张红春
装帧设计：王一竹
出版发行：作家出版社
社　　址：北京农展馆南里10号　　邮　　编：100125
电话传真：86-10-65930756（出版发行部）
86-10-65004079（总编室）
86-10-65015116（邮购部）
E-mail:zuojia@zuojia.net.cn
http://www.haozuojia.com（作家在线）
印　　刷：北京尚唐印刷包装有限公司
成品尺寸：130×210
字　　数：80千
印　　张：5.75
版　　次：2017年12月第1版
印　　次：2017年12月第1次印刷
ISBN 978-7-5063-9888-6
定　　价：46.00元